AF379573

Analyse de l'œuvre

Par Marie-Charlotte Schneider
et Tina Van Roeyen

L'Illusion comique

de Pierre Corneille

Rendez-vous sur lepetitlitteraire.fr et découvrez :

Plus de 1200 analyses
Claires et synthétiques
Téléchargeables en 30 secondes
À imprimer chez soi

PISTES DE RÉFLEXION

POUR ALLER PLUS LOIN

PIERRE CORNEILLE

DRAMATURGE FRANÇAIS

- **Né en 1606 à Rouen (Seine-Maritime)**
- **Décédé en 1684 à Paris**
- **Quelques-unes de ses œuvres :**
  - *Le Cid* (1637), tragicomédie
  - *Horace* (1640), tragédie
  - *Cinna* (1642), tragédie

Pierre Corneille est, avec Molière (1622-1673) et Racine (1639-1699), l'un des trois grands auteurs de théâtre du XVIIe siècle en France. Issu d'une famille aisée, diplômé en droit, avocat du roi, maitre des Eaux et Forêts, Corneille se jette corps et âme dans l'aventure dramatique. Il est repéré par le cardinal de Richelieu (prélat et homme d'État français, créateur de l'Académie française, 1585-1642) et pensionné à 29 ans par ce dernier (c'est-à-dire qu'il reçoit périodiquement une rente de sa part). Il peut ainsi se consacrer à l'écriture, mettant en scène « des héros tourmentés par le doute, faillibles, chez qui la passion vient buter contre l'ordre établi » (DE BOECK D., *Programme – Cahier pédagogique 30*, Bruxelles, Théâtre National, 1996, p. 2).

Son œuvre est abondante et variée, puisque Corneille s'est illustré tant dans la comédie que dans la tragédie. Auteur baroque (*L'Illusion comique*, 1636), Corneille donne aussi au classicisme français quelques-unes de ses plus grandes œuvres (*Horace*, *Cinna*, ou *Polyeucte* en 1643). Sa pièce la plus connue reste néanmoins *Le Cid*, une œuvre qui suscite en son temps une grande controverse, en raison des libertés prises par l'auteur avec les règles strictes de la tragédie classique.

L'ILLUSION COMIQUE

UNE COMÉDIE PROTÉIFORME

- **Genre** : pièce de théâtre
- **Édition de référence** : *L'Illusion comique*, Paris, Librairie Larousse, 1937, 95 p.
- **1re édition** : 1636
- **Thématiques** : magie, amour, rivalité, vengeance, réconciliation, apologie du théâtre

L'Illusion comique est une comédie en cinq actes et en vers, représentée pour la première fois en 1636. Dans cette pièce, le magicien Alcandre permet à Pridamant de voir la vie de son fils Clindor, qui l'a quitté dix ans plus tôt. Il le découvre alors valet de Matamore ; il est témoin de ses complexes relations amoureuses et assiste à sa mort lors d'un duel. Mais bientôt, le rideau se lève et révèle que Clindor est en réalité bien vivant : devenu comédien, il jouait ici son propre rôle dans une tragédie.

Cette pièce constitue un cas particulier dans

l'œuvre de Corneille, dans la mesure où il s'agit d'une comédie protéiforme qui mélange les genres et les tons. De plus, la composition de la pièce est régie par le procédé baroque du théâtre dans le théâtre, alors que Corneille est le grand précurseur du classicisme, mouvement contemporain dominant la première moitié du XVIIe siècle. On distingue ainsi plusieurs niveaux qui s'entremêlent : celui de Pridamant et Alcandre observant la vie présente de Clindor, celui de la vie passée de Clindor et celui de la tragédie jouée par des comédiens (Clindor lui-même et Isabelle). Il n'est donc pas étonnant que, dans son examen de la pièce, l'auteur la qualifie lui-même de « galanterie extravagante » (p. 85), reniant par là même son importance.

RÉSUMÉ

Il existe deux versions de *L'Illusion comique* : l'originale publiée en 1636, et une deuxième, remaniée par Corneille en 1660. Le résumé ci-dessous est celui de la version de 1660, dans laquelle Corneille avait supprimé la scène IV de l'acte V et le personnage de Rosine, tronquant la pièce d'une péripétie. L'acte V de la version initiale comprenait donc six scènes au lieu de cinq dans la version de 1660.

ACTE I

Scène I

Dorante, qui croit en la magie d'Alcandre et vante ses talents, accompagne son ami Pridamant chez le mage. Ensemble, ils attendent l'arrivée d'Alcandre en espérant que ce dernier pourra aider Pridamant à retrouver son fils, Clindor, qui a fui la maison paternelle dix ans auparavant.

Scène II

Lorsqu'Alcandre arrive enfin, Dorante sollicite son aide au nom de son ami. Le mage promet à Pridamant de lui faire voir la vie heureuse que son fils mène loin de lui. Il prie alors Dorante de s'en aller pour montrer à Pridamant le destin de son fils en toute confidentialité.

Scène III

Dorante parti, Alcandre apprend à Pridamant que son fils n'a pas toujours été l'homme fortuné qu'il est devenu. En effet, Clindor a été l'auteur d'actions peu avouables : voleur, joueur, charlatan, etc. Il est ensuite entré au service d'un guerrier, à Bordeaux, et s'est fait appeler « le sieur de la montagne ».

ACTE II

Scène I

Alcandre prévient Pridamant qu'il est sur le point d'entendre et de voir son fils.

Scène II

Clindor discute avec le guerrier qu'il sert, Matamore, du bienfondé des combats de ce dernier. Lui qui concevait auparavant l'amour comme un combat déclare ne vivre que pour les victoires guerrières, sauf quand il pense à sa bienaimée. Matamore finit de vanter ses vertus et ses prouesses lorsqu'arrive son amante, Isabelle, accompagnée d'un autre homme.

Scène III

Adraste, le rival de Matamore, jure son amour à Isabelle, qui dit ne pas l'aimer en retour. L'homme, cependant, refuse de s'avouer vaincu.

Scène IV

Isabelle retrouve Clindor et Matamore, et tous louent les mérites de ce dernier. Matamore affirme qu'il refuserait toutes les gloires et rejetterait l'amour de toutes les princesses du monde pour l'amour de la seule Isabelle.

Scène V

Matamore parti, l'amour d'Isabelle pour Clindor se dévoile. Hélas, le père d'Isabelle, Géronte, ne voit pas cette passion d'un bon œil, et Isabelle sait qu'il fera tout pour les empêcher d'être heureux. Elle s'en va à l'arrivée d'Adraste.

Scène VI

Adraste se plaint auprès de Clindor du départ d'Isabelle. Celui-ci ment, affirmant que c'est sa conversation qui a fait fuir la jeune femme. Craignant que la présence de Matamore et de Clindor auprès d'Isabelle ne lui fasse du tort, Adraste demande à Clindor de quitter les lieux avec son maitre. Clindor ne se laisse pas faire.

Scènes VII-VIII

À la demande d'Adraste, Lyse, la servante d'Isabelle, avoue que sa maitresse et Clindor sont amants, et qu'elle croit que Clindor lui ment en lui racontant être un gentilhomme qui a fui son père. Elle conseille à Adraste de les dénoncer au père d'Isabelle. Celui-ci demande à Lyse de faire en sorte qu'il puisse prendre les amants sur le fait. Lyse, seule, explique vouloir se venger, car Clindor l'a rejetée.

Scène IX

Pridamant, ayant vu ces images grâce à Alcandre, craint la suite des évènements.

ACTE III

Scènes I-II

Géronte tente de convaincre sa fille, Isabelle, d'épouser Adraste, mais celle-ci refuse. Seul, il déplore l'attitude de sa fille, mais il croit encore pouvoir arriver à ses fins.

Scène III

Accompagné de Clindor, Matamore rend visite à Géronte pour le convaincre de lui laisser épouser sa fille. Géronte ne le prend aucunement au sérieux et le met à la porte.

Scène IV

Matamore constate qu'il ne peut rien faire contre Géronte sans perdre l'amour d'Isabelle et envoie Clindor plaider sa cause auprès de lui.

Scènes V-VI

Clindor tente de charmer Lyse, lui expliquant qu'il ne poursuit Isabelle que pour son argent, mais que c'est elle qu'il aime. Celle-ci le renvoie auprès d'Isabelle. Loin de s'être laissé abuser, la servante prépare sa vengeance.

Scènes VII-VIII

Seul, Matamore prend peur face à des menaces sorties de son imagination. Il se cache pour écouter la conversation d'Isabelle et de Clindor qui arrivent. Les entendant parler du meilleur moyen de vivre leur amour au grand jour, Matamore sort de sa cachette.

Scène IX

Plutôt que d'essayer de l'apaiser, Clindor attise

la colère de son maitre en le provoquant. Pourtant, au lieu de se battre, Matamore décide de lui abandonner Isabelle.

Scène X

Matamore annonce à Isabelle qu'il renonce à l'épouser et qu'il gardera le secret sur sa relation avec Clindor.

Scènes XI-XII

Géronte, Adraste et leurs domestiques arrivent et un combat s'ensuit. Adraste se fait tuer. Pridamant, inquiet, croit avoir vu son fils mourir, mais Alcandre le rassure : il n'est qu'emprisonné.

ACTE IV

Scène I

Seule, Isabelle menace de se tuer, affligée par l'emprisonnement de Clindor et son jugement qui s'annonce.

Scènes II-III

Lyse vient expliquer à sa maitresse qu'elle peut sauver Clindor en séduisant le geôlier. Isabelle part délivrer son amant pendant que Lyse explique son changement de camp.

Scène IV

Matamore arrive, soul, dans la demeure d'Isabelle. S'étant caché pendant quatre jours, la faim l'a conduit chez elle. Isabelle et Lyse le mettent dehors.

Scènes V-VI

Isabelle et Lyse retrouvent le geôlier qui accepte de les mener auprès de Clindor en échange de l'amour de Lyse.

Scènes VII-VIII

Clindor déplore son emprisonnement quand le geôlier vient lui annoncer son exécution imminente.

Scène IX

Lyse et Isabelle retrouvent le geôlier et un Clindor ravi. Ils s'enfuient tous ensemble.

Scène X

Pridamant est soulagé de cette issue favorable. Alcandre lui annonce qu'il va maintenant découvrir l'histoire de son fils deux ans plus tard.

ACTE V

Scènes I-II

Pridamant et Alcandre reprennent leur poste d'observation. Ils découvrent alors Lyse et Isabelle parlant des infidélités de Clindor avec la princesse Rosine, une voisine.

Scène III

Dans le noir, Clindor prend Isabelle pour Rosine et celle-ci le met face à son infidélité. Loin de s'en repentir, Clindor s'en vante. Folle de rage, Isabelle lui rappelle qu'elle a tout quitté pour lui et menace de se donner la mort. Clindor jure n'aimer qu'elle et lui demande de se cacher alors que des pas se font entendre.

Scène IV

Surpris par une troupe de domestiques de Florilame, le mari de Rosine, Clindor est poignardé. Isabelle, quant à elle, meurt de désespoir.

Scène V

Pridamant se désespère de ne plus jamais revoir son fils vivant. Mais Alcandre tire un rideau et le vieux père regarde les comédiens partager leur argent. Clindor et ses amis ont monté une troupe de comédiens et Pridamant vient de les voir jouer le dernier acte d'une tragédie sur une scène parisienne. Alcandre fait l'éloge du théâtre et Pridamant finit par se réjouir du choix de vie de son fils.

ÉTUDE DES PERSONNAGES

ALCANDRE

Alcandre est un magicien qui aide Pridamant à retrouver son fils Clindor. Pour ce faire, il lui promet d'utiliser ses pouvoirs afin de lui faire voir la vie de son fils. Toutefois, sa fonction ne s'arrête pas là, puisque c'est lui qui, à la fin du récit, lève le rideau sur la vie de comédien de Clindor. Il est le complice du stratagème visant aux retrouvailles du père et du fils.

Son rôle est donc celui d'un révélateur auprès de Pridamant. Mais il est aussi une sorte de maitre de cérémonie : que ce soit en tant que magicien ou comme régisseur de théâtre, il est à l'origine de la représentation.

PRIDAMANT

Le bourgeois Pridamant est le père de Clindor.

Sa trop grande sévérité a fait fuir son fils des années auparavant et il est à présent à sa recherche. C'est son désir de retrouver son fils qui est le déclencheur de la pièce. Dans ce but, il recourt à l'aide d'Alcandre.

Contrairement à la plupart des autres pièces cornéliennes où ce sont les parents qui jouent un rôle clé dans la vie de leurs enfants (par exemple dans *Le Cid*), ici les géniteurs sont exclus de la comédie dans le sens où ils n'ont pas grand-chose à dire et encore moins à imposer. Si mentionnés, ils sont plus observateurs ou spectateurs qu'acteurs. Alcandre donne à voir à Pridamant la représentation de la vie passée et présente de Clindor, à l'issue de laquelle le père accepte la vocation du fils : comédien.

Personnage typique du père intransigeant, Pridamant évolue au cours de la pièce, car il est transformé par ce qu'il voit. De père sévère et autoritaire, il devient un père aimant, heureux du succès et du bonheur de son fils.

CLINDOR

Clindor, valet du capitan gascon Matamore, mène une vie haute en couleur : jeune et aspirant à la liberté, il a fui le domicile familial, refusant la facilité d'une vie rangée et voulant se dérober à l'autorité paternelle. De ce fait, il a exercé par le passé toutes sortes de métiers (diseur de bonne aventure, vendeur de brevets, clerc de notaire, charlatan, écrivain, avocat) souvent douteux et à la limite de la légalité.

Jusqu'à ce qu'il devienne le valet de Matamore, sa vie est faite d'amours et d'aventures. Il courtise en effet Isabelle, non seulement la femme que convoite son maitre, mais aussi une noble d'un rang plus élevé que le sien. Cela ne l'empêche pas de déclarer, dans un style unique, sa flamme à Lyse :

> « Je ne connus jamais un si gentil objet ;/ L'esprit beau, prompt, accort, l'humeur un peu railleuse,/ L'embonpoint ravissant, la taille avantageuse/ Les yeux doux, le teint vif, et les traits délicats :/ Qui serait le brutal qui ne t'aimerait pas ? [...] Vous [Lyse et Isabelle] partagez vous deux mes inclinaisons :/ J'adore sa fortune, et tes perfections. » (acte III, scène V)

Du côté des aventures, le magicien nous narre la vie antérieure de Clindor : il change d'occupations, de maitres et de domiciles comme bon lui semble, fidèle à son amour de la liberté et à son caractère insoumis.

Dans la partie comédie de la pièce, Clindor est un beau parleur et bluffeur, adepte du badinage, qui ne se laisse point intimider par son maitre.

Quand Matamore découvre que Clindor s'est moqué de lui en dévoilant son amour pour Isabelle en son nom, le jeune héros – fin psychologue – non seulement l'amadoue, mais lui fait aussi céder Isabelle : « Parbleu, tu me ravis de générosité/ Va, pour la conquérir n'use plus d'artifice/ Je te la veux donner pour prix de tes services. » (acte III, scène IX)

Le « sieur de la Montagne » (acte II, scène II), comme il se fait appeler, a donc traversé plusieurs étapes : du fils rebelle, qui accessoirement vole son père, suivant du capitan et héros picaresque, affranchi de toute tutelle, il devient un acteur établi sur les scènes parisiennes qui gagne bien sa vie.

ISABELLE

Isabelle est la fille de Géronte et le centre de toutes les attentions masculines dans les scènes qu'Alcandre fait voir à Pridamant. Adraste, Matamore et Clindor l'aiment, mais seul ce dernier reçoit son amour en retour. De ce fait, elle est le personnage central de l'histoire de Clindor. En effet, que ce soit les hommes qui la courtisent, son père ou sa servante, tous agissent en fonction et autour d'elle.

Selon Pierre Mélèse, Isabelle, personnage conventionnel de la fille se confrontant à l'autorité paternelle et bafouant les règles au nom d'un amour absolu, annonce les futures héroïnes tragiques de Corneille telle Chimène dans *Le Cid*, par exemple (« Notice », in CORNEILLE P., *L'Illusion comique*, Paris, Librairie Larousse, 1937, p. 8-9).

Tragicomédie en vers parue en 1637, *Le Cid* est une des pièces maitresses du théâtre cornélien. Dans cette pièce, Chimène, fille du comte de Gomès, et Rodrigue, fils de Don Diègue, s'aiment et sont promis l'un à l'autre. Cependant, pendant une controverse, le comte gifle le père de Rodrigue qui demande à son fils de le venger. Que fera Rodrigue, qui choisira-t-il ?

• Héros cornélien. Corneille avait pour habitude de placer son personnage principal face à un dilemme. Ainsi, le héros doit choisir entre deux valeurs tout aussi importantes l'une que l'autre, par exemple entre l'amour et le devoir. Le résultat aura des conséquences négatives, quelle que soit l'option choisie. Rodrigue, personnage principal du *Cid*, est l'incarnation par excellence de ce dilemme : il doit choisir entre l'amour de Chimène et son honneur, qu'il doit sauver en tuant le père de sa bienaimée. Quelle que soit sa décision, il perdra Chimène, qui ne pourrait vivre ni avec l'assassin de son père ni avec un homme sans honneur.

- La querelle du *Cid*. Malgré un énorme succès, *Le Cid* se fait attaquer par les adversaires de Corneille (c'est la fameuse « querelle du *Cid* ») qui lui reprochent d'avoir plagié le dramaturge espagnol Guillèn de Castro et le non-respect de la règle des trois unités : les intrigues parallèles perturbent l'unité d'action ; l'unité de temps est ébranlée – l'action se déroule en deux jours au lieu d'un – et l'unité de lieu n'existe pas.

MATAMORE

Matamore est le maitre de Clindor, un capitaine gascon, couard et fanfaron. Il passe son temps à se vanter et ne doute jamais de lui, sauf lorsqu'il se retrouve seul. Il aime Isabelle et est prêt à tout abandonner pour elle : les autres femmes et les combats. Il va même jusqu'à narguer Géronte, le père d'Isabelle, pour obtenir la main de sa fille. Pourtant, il fait preuve de nettement moins de bravoure lorsque Clindor propose de se battre pour elle : Matamore lui abandonne l'amour d'Isabelle.

« Matamore », qui signifie « tueur de Maures », est à l'origine le nom d'un personnage issu de l'histoire espagnole. Très vite, surtout dans la littérature française, le héros devient fanfaron et courageux dans ses paroles, mais jamais dans les faits, se calquant sur le modèle du Capitan de la *commedia dell'arte* italienne, dont l'origine est elle-même à trouver dans la comédie latine *Miles gloriosus* (v. 205 av. J.-C.) de Plaute (poète comique latin, v. 254-184 av. J.-C.). Le Matamore de Corneille ne fait pas défaut à la tradition : c'est un poltron qui a fait de la vantardise son plus grand talent.

LYSE

Lyse est la servante d'Isabelle. Son personnage est d'une grande importance pour l'évolution de l'action : elle la fait avancer en informant Adraste et en l'aidant à faire jeter Clindor en prison, puis en donnant son soutien à Isabelle pour le libérer. De plus, si elle fait évoluer l'action, Lyse est aussi un personnage qui évolue. Servante amère et rivale amoureuse de sa maitresse, elle la trahit et cause la perte de celui qui l'a rejetée, mais elle se repent et finit par se sacrifier en épousant le geôlier pour libérer l'amant de sa maitresse.

ADRASTE

Adraste est l'un des prétendants déçus d'Isabelle. Contrairement à Matamore, il ne s'avoue pas vaincu malgré la franchise d'Isabelle ; bien au contraire, il va jusqu'à la dénoncer auprès de son père pour que ce dernier la force à l'épouser. Il meurt lors de l'arrestation de son rival.

Personnage de peu d'importance, son rôle est surtout celui d'un déclencheur : il n'est là que pour renforcer la troupe des prétendants d'Isabelle et provoquer l'emprisonnement de Clindor.

GÉRONTE

Géronte est le père d'Isabelle. C'est un homme intraitable qui tente d'imposer Adraste à sa fille et refuse que celle-ci épouse Matamore ou Clindor.

Ce père intransigeant n'est pas sans rappeler le personnage de Pridamant. Mais, contrairement à son double, Géronte refuse jusqu'au bout le choix de sa fille, jetant son amant en prison et les poussant tous deux à la fuite. Il est incapable d'accomplir la même transformation que le père de Clindor, qui finit par accepter les choix de son fils en constatant qu'ils font son bonheur.

CLÉS DE LECTURE

UN CONTEXTE HISTORIQUE ET ARTISTIQUE RICHE ET MOUVEMENTÉ

Placé sous le signe de la grandeur, le XVIIe siècle est riche en évènements de tout genre. Siècle du classicisme, il est aussi celui de la domination française par les armes. D'importants règnes se succèdent (Marie de Médicis [1573-1642], Louis XIII [1601-1643] et la domination de Richelieu, Anne d'Autriche [1601-1666] et Mazarin [1602-1661], la Fronde des Princes [1648-1653], le long règne personnel de Louis XIV [1638-1715], le Roi-Soleil) aboutissant à l'établissement de la monarchie absolue.

De leur côté, la guerre de Trente Ans (1618-1648), la Réforme catholique (1517-1570), ainsi que l'Inquisition font de nombreuses victimes.

Dans le domaine des sciences, le cosmos devient un infini spatial suite aux théories de

Copernic (astronome polonais, 1473-1543), Giordano Bruno (philosophe italien, 1548-1600) et de Kepler (astronome allemand, 1571-1630), ruinant les certitudes des siècles précédents. Aussi Galilée (savant italien, 1564-1642) est-il poursuivi par l'Inquisition, parce qu'il est allé à l'encontre de l'ordre et de la rationalité en vigueur en soutenant la théorie héliocentriste, selon laquelle les planètes tournent autour du Soleil et non autour de la Terre.

Par ailleurs, les grandes découvertes du XVIe siècle vont favoriser une réflexion critique sur le rapport à l'autre et, par la même occasion, sur le rapport à soi. Selon Xavier Darcos, ce nouveau regard, qui remet en cause l'importance de l'Homme et sa place centrale dans l'univers, encourage « la liberté de création. Le début du siècle est caractérisé par l'irrégularité, la fantaisie, l'imagination » (DARCOS X., *Histoire de la littérature française*, Paris, Hachette, 2013, p. 117).

Dans les arts, quelques grands noms émergent comme Rubens (peintre flamand, 1577-

1640), Velasquez (peintre baroque espagnol, 1599-1660), Rembrandt (peintre baroque hollandais, 1606-1669), tous grands amateurs de théâtralité.

En ce qui concerne le sixième art (les arts de la scène), précédant *L'Illusion comique*, deux pièces de théâtre mettent en avant explicitement la thématique du songe et de l'illusion, brouillant la frontière entre le réel et l'irréel, de façon à ce que le spectateur ne sache plus si les personnages vivent ou rêvent, veillent ou dorment. Il s'agit de *La vie est un songe* (1635) de Calderón de la Barca (dramaturge espagnol, 1600-1681) et du *Songe d'une nuit d'été* (vers 1595-1596) de Shakespeare (dramaturge anglais, 1564-1616). N'oublions pas que ce dernier est également auteur de *Comme il vous plaira*, une petite comédie datant de 1599, célèbre pour sa citation avant-gardiste : « Le monde entier est un théâtre, et tout le monde, hommes et femmes y sont acteurs. »

ENTRE DRAMATURGIE CLASSIQUE ET ESTHÉTIQUE BAROQUE

Le XVIIe siècle français est traditionnellement considéré comme celui des débuts du classicisme, et le théâtre est l'un des genres les plus développés par ce courant. L'esthétique classique prône la régularité et la rationalité. De ce fait, la dramaturgie classique se doit de respecter un certain nombre de règles : la règle des trois unités, ainsi que les règles de bienséance et de vraisemblance.

L'esthétique baroque se développe en parallèle en France. Le terme « baroque » vient du portugais *barroco* qui désigne une perle irrégulière. Comme son étymologie l'indique, le baroque cultive avant tout l'irrégularité, prônant l'éphémère et la métamorphose.

On considère généralement le baroque et le classicisme comme deux esthétiques diamétralement opposées. Pourtant, on pourrait aussi les voir comme deux réponses différentes à un même problème : les troubles politiques et religieux qui agitent la France dans la première moitié du XVIIe siècle. Alors que le baroque choisit de les exprimer en cultivant l'irrégularité, le classicisme préfère les contrer en y remettant bon ordre.

Pierre Corneille :
un précurseur du classicisme
qui aime brouiller les pistes

Corneille est de ceux qui aiment brouiller les pistes entre les genres et remettre en question les règles établies ; il devient de ce fait difficile à classer dans un courant ou un genre bien précis.

D'après Danielle De Boeck, jeune, il est extravagant. Puis, au faite de sa gloire, il adapte un chef-d'œuvre de la *comedia* espagnole (*Le Menteur*, 1643). Vers la fin de sa carrière, il est rigoureusement classique (*Programme – Cahier pédagogique 30*, Bruxelles, Théâtre National, 1996, p. 8). Aussi *L'Illusion comique* est-elle son avant-dernière comédie, écrite « au plus vif de son insolence » (*ibid.*), anticipant de quelques mois sa pièce maitresse, la tragicomédie *Le Cid*. 45 ans séparent la première œuvre de Pierre Corneille, à savoir la comédie *Mélite* (1625-1629), créée à l'âge de 23 ans, de sa dernière tragédie représentée en 1674, *Suréna*.

Que l'on soit sensible à son talent ou non, on se doit de reconnaitre non seulement la foisonnante et intentionnelle diversité de sa production, mais aussi la remise en question des règles en vigueur. Comment mêler, dans une forme préétablie (une pièce classique de cinq actes en vers), des personnages archétypaux et un gout pour le mélange des genres ? Peut-on rallier l'ordre établi ou la continuité (ce qui sous-entend plaire au public) et l'innovation ?

Quoi qu'il en soit, nous nous devons de retenir que Corneille a pratiqué plusieurs genres et qu'il a longuement cherché « sa voie », en se réinventant et en se renouvelant constamment (LAGARDE A. et MICHARD L., *XVIIe siècle : Les grands auteurs français du programme*, Paris, Bordas, 1991, p. 99).

Rencontre de deux esthétiques

Concrètement, il n'est donc pas étonnant de voir les esthétiques baroque et classique cohabiter dans *L'Illusion comique.*

Le baroque est en effet ostensiblement présent dans la pièce :

- d'abord par le titre, avec la référence à l'illusion, qui renvoie directement à l'esthétique baroque ;
- ensuite par l'irruption du merveilleux avec le magicien Alcandre et les particularités qui en sont issues ;
- enfin, par les procédés du théâtre dans le théâtre et de la construction par niveaux, avec les enchâssements et les ruptures dans l'action qu'ils impliquent.

En effet, la pièce de Corneille obéit à une construction particulière, puisque son action se divise en plusieurs sous actions situées à différents niveaux, mais qui, bien sûr, ont des implications les unes sur les autres :

- le premier niveau est celui d'Alcandre et

Pridamant dans la grotte du magicien. Pridamant vient voir le magicien pour qu'il l'aide à retrouver son fils. C'est donc Alcandre qui initie le second niveau en montrant à Pridamant des épisodes de la vie passée de son fils, Clindor ;

- le deuxième niveau est constitué de l'histoire de Clindor aimant Isabelle, la ravissant à Matamore et à Adraste avant de fuir. Cette action se présente sous la forme d'un *flashback* s'offrant à la vue de Pridamant qui devient donc spectateur ;
- le dernier niveau est celui de la tragédie jouée face à Pridamant par Clindor et sa troupe de comédiens. C'est l'histoire de Clindor qui, deux ans plus tard, trompe Isabelle avec Rosine et le paie de sa vie. Cet épisode parait, au départ, être la suite logique de la fuite des amants. Pourtant, on découvre, à la levée du rideau par Alcandre, qu'il n'en est rien : c'est un stratagème dont le but final, après les retrouvailles du père et du fils, est d'ouvrir les yeux de Pridamant sur la condition de comédien et de lui faire accepter le choix du métier de son fils.

Toutefois, la frontière entre les différents niveaux n'est pas entièrement étanche. Ainsi, Pridamant est choqué lorsqu'il croit son fils mort. De même, les niveaux finissent par se confondre lorsqu'Alcandre lève le rideau sur les comédiens. Pridamant voit en effet son fils, devenu comédien, et finit par accepter son choix. Le troisième niveau a donc des implications sur le premier : le talent des comédiens ainsi que le bonheur de son fils transforment Pridamant.

Pourtant, malgré ses nombreuses irrégularités volontaires, cette pièce semble, en apparence, respecter les règles du classicisme naissant. L'exemple le plus parlant est celui de la règle des trois unités :

- le temps. La règle d'unité de temps veut que l'action d'une pièce se déroule sur une journée. Ce n'est pas vraiment le cas dans *L'Illusion comique*, en tout cas pas en ce qui concerne les actions des deux premiers niveaux, puisqu'il y a notamment un bond de deux ans entre ces deux niveaux. Néanmoins, l'action du premier niveau, qui encadre et contient l'ensemble de la pièce, se déroule dans un laps de temps, semble-t-il, assez court qui s'assimile plus ou moins au temps de la représentation théâtrale. La règle est donc respectée, du moins en théorie ;

- le lieu. Il en va de même pour l'unité de lieu, qui stipule que l'action ne doit se dérouler qu'en un seul et unique lieu. Si les lieux des deux derniers niveaux sont variés, l'action du premier niveau se déroule uniquement dans la grotte du magicien ;

- l'action. L'action d'une pièce de théâtre doit être unique. Ce n'est pas le cas ici, du fait des nombreux enchâssements. Mais, de la même manière que pour le lieu et le temps, on peut considérer que l'action principale reste la recherche de Clindor par Pridamant et que la règle d'unité d'action est donc respectée elle aussi.

Ainsi, si Corneille nous présente, avec *L'Illusion comique*, une pièce baroque, il ne cherche pas moins à lui apporter une certaine régularité, et ce en respectant les règles régissant le théâtre classique.

Le théâtre dans le théâtre

Le procédé à la base de *L'Illusion comique*, et qui se dévoile pleinement à la fin, est celui du théâtre dans le théâtre. On distingue, dans la comédie constituée des récits du premier et du deuxième niveau, une autre pièce de théâtre, une tragédie qui se joue au troisième niveau, dont Clindor et sa troupe sont les comédiens, et Pridamant et Alcandre les spectateurs.

Ce procédé constitue aussi une mise en abyme, c'est-à-dire une représentation en miniature de l'œuvre au sein de l'œuvre elle-même. Le spectateur de la pièce de Corneille est ici assimilé à Pridamant, Alcandre est une sorte de metteur en scène et les personnages des deuxième et troisième niveaux, qui sont des comédiens dans la fiction, sont un miroir des comédiens présents, dans la réalité, sur la scène lors de la représentation de *L'Illusion comique*.

La mise en abyme est ici renforcée par les similitudes qui existent entre les différents niveaux de l'action. En effet, entre le niveau extérieur (premier niveau) et les niveaux intérieurs (deuxième et troisième niveaux), des jeux de miroir se mettent en place. Le plus visible concerne les deux pères de l'histoire : Pridamant et Géronte sont, sous plusieurs aspects, des doubles l'un de l'autre.

UNE APOLOGIE DU THÉÂTRE

Derrière Alcandre le magicien, Clindor l'acteur ou Pridamant acceptant le choix de son fils, c'est le dramaturge Corneille qui parle. La présence de l'auteur se laisse sentir derrière la campagne en faveur de l'art dramatique, projet d'envergure de toute une vie (DE BOECK D., *Programme – Cahier pédagogique 30*, Bruxelles, Théâtre National, 1996, p. 10-17).

En effet, le recours au procédé « le théâtre dans le théâtre » est une occasion pour faire indirectement l'éloge du spectacle, genre considéré comme peu sérieux et qui a long-temps été dévalué vu qu'il était considéré comme simple divertissement.

Cela est particulièrement visible dans la scène qui clôt la pièce, lorsque Pridamant apprend que son fils est comédien. Dans son échange avec Alcandre, le père lui fait part de ses doutes quant au bienfondé de sa réjouissance (devrait-il être heureux ou malheureux d'avoir un fils qui fait ce métier ?), alors que le mage prend ardemment sa défense : il affirme que c'est un « noble métier » (acte V, scène V) et, plus loin, un « métier si doux » (*ibid.*), que les acteurs – dépensant une fortune pour leurs costumes – le traitent très sérieusement, que c'est une « erreur commune » (*ibid.*) que de sous-estimer ce genre qui divertit si pertinemment. D'ailleurs, même le roi s'y intéresse, le théâtre « [étant] en un point si haut que chacun l'idolâtre/ Et ce que votre temps voyait avec mépris/ Est aujourd'hui l'amour de tous les bons esprits » (*ibid.*).

Lorsque Pridamant veut gratifier Alcandre pour ses services, le visionneur lui répond : « Servir les gens d'honneur est mon plus grand désir/ J'ai pris ma récompense en vous faisant plaisir. » (*ibid.*)

Corneille ne s'adresse-t-il pas ainsi, en son propre nom, au spectateur qu'il remercie d'avoir assisté à sa pièce et de l'avoir appréciée ?

LE COMIQUE ET L'ILLUSION

Le comique

Plus que simple principe de divertissement ou théâtre d'action, *L'Illusion comique* est une pièce initiatique dans laquelle la ruse ou la tromperie pour atteindre la vérité est une étape incontournable : Clindor se sert de son maitre pour exprimer son amour pour Isabelle, Pridamant doit recourir aux illusions d'un mage pour accepter les choix de son propre fils, Lyse doit tromper le geôlier pour libérer Clindor, sans oublier Corneille, qui nous fait faire l'expérience du théâtre dans le théâtre pour l'apprécier dans toute sa magie.

Le comique se révèle surtout au travers du personnage de Matamore, antifoudre de guerre en imagination qui vante des exploits imaginaires, qui prodigue des menaces hyperboliques et qui a peur de son propre valet. Le comique est aussi présent dans le quiproquo – quand Clindor, supposé transmettre la flamme de son maitre à Isabelle, parle en son nom. Nous avons vu qu'il s'agissait surtout d'un soldat fanfaron qui ; loin d'être exceptionnellement perspicace, n'est autre que la caricature de l'héroïsme exalté : « Quand je veux j'épouvante, et quand je veux je charme/ Et, selon qu'il me plaît, je remplis tour à tour/ Les hommes de terreur et les femmes d'amour. » (acte II, scène II)

L'illusion

Impossible, au final, de ne pas associer la « grotte obscure » (acte I, scène I) d'Alcandre où le magicien fait voir à Pridamant la vie de son fils par une illusion, c'est-à-dire une « fausse apparence attribuée à une puissance surnaturelle » (note 4, p. 18), à l'allégorie de la caverne de Platon (philosophe grec, vers 427 av. J.-C.-vers 348 av. J.-C.). Dans sa *République* (entre 384 et 377 av. J.-C.), le philosophe met en scène des hommes qui depuis leur naissance sont enchainés dans une caverne, le visage face à un mur sur lequel défilent des ombres projetées par la lumière d'un feu. Ne connaissant rien d'autre de la vie, ceux-ci prennent ce qu'ils voient pour la réalité.

Par conséquent, Corneille invite Pridamant (et, par extension, le spectateur) à remettre en question ce qu'il pense voir. Nous pouvons notamment le constater quand le père, « voyant » son fils assassiné, veut se tuer lui aussi. Alcandre lui conseille alors de se tempérer car, comme nous le savons déjà, ce n'était qu'une scène de théâtre (acte V, scène V).

Ainsi, le spectateur ou le lecteur retiendra de *L'Illusion comique* une histoire baroque, dans laquelle tous les éléments – personnages, mise en forme, mélange de genres – contribuent d'une part à l'apologie du théâtre et du métier de comédien, et d'autre part annoncent des sujets typiquement cornéliens tels que « le désir qui égare, les conflits entre la puissance et la volonté d'être libre » (DARCOS X., *Histoire de la littérature française*, Paris, Hachette, 2013, p. 141).

PISTES DE RÉFLEXION

QUELQUES QUESTIONS POUR APPROFONDIR SA RÉFLEXION...

- Pourquoi peut-on qualifier la pièce de manifeste pour le théâtre ? Pourquoi Corneille se doit-il de défendre le genre dramatique ?
- En quoi la grotte du magicien Alcandre peut-elle être interprétée comme une salle de théâtre ?
- Le théâtre dans le théâtre a-t-il les mêmes effets dans *L'Illusion comique* que dans *Le Véritable Saint Genest* (1647) de Jean de Rotrou (dramaturge français, 1609-1650) ?
- Dans sa dédicace, Corneille qualifie *L'Illusion comique* d'« étrange monstre » (p. 11). Pouvez-vous mettre cela en relation avec les mélanges de genres et d'esthétiques présents dans la pièce ? Pensez notamment au fait qu'étymologiquement, le terme « monstre » sert à qualifier des créatures

hybrides comme le Minotaure (homme-taureau) ou le centaure (homme-cheval).

- À votre avis, y a-t-il des éléments de la pastorale dans *L'Illusion comique* ? Si oui, relevez-les.
- Quelle interprétation pouvez-vous donner du titre *L'Illusion comique* ?
- Que pensez-vous de l'avant-dernière réplique d'Alcandre, destinée à Pridamant : « N'en croyez que vos yeux. » (acte V, scène V) ? À quels autres personnages de la littérature Matamore vous fait-il penser ? Pourquoi ? Par quel(s) moyen(s) Alcandre fait-il « voir » à Pridamant les exploits, passés et présents, de son fils ?
- Quel est le rôle du geôlier ?

Votre avis nous intéresse !
Laissez un commentaire sur le site de votre
librairie en ligne et partagez vos coups de cœur
sur les réseaux sociaux !

POUR ALLER PLUS LOIN

ÉDITION DE RÉFÉRENCE

- CORNEILLE P., *L'Illusion comique*, Paris, Librairie Larousse, 1937.

ÉTUDES DE RÉFÉRENCE

- CUCHE F.-X., « Les trois illusions de *L'Illusion comique* », in *Travaux de Linguistique et de Littérature*, 9/2, 1971.
- DARCOS X., *Histoire de la littérature française*, Paris, Hachette, 2013.
- DE BOECK D., *Programme – Cahier pédagogique 30*, Bruxelles, Théâtre National, 1996.
- KATAGI T., « *L'Illusion comique* de Corneille et les problèmes de la représentation », in *L'Information littéraire*, 41/3, 1989.
- LAGARDE A. et MICHARD L., *XVIIe siècle : Les grands auteurs français du programme – Anthologie et histoire littéraire*, Paris,

Bordas, 1991.

- MÉLÈSE P., « Notice », in CORNEILLE P., *L'Illusion comique*, Paris, Librairie Larousse, 1937.

SUR LEPETITLITTÉRAIRE.FR

- Commentaire de la scène VI de l'acte V de *L'Illusion comique*.
- Commentaire de la scène VI de l'acte I du *Cid* de Pierre Corneille.
- Fiche de lecture sur *Cinna* de Pierre Corneille.
- Fiche de lecture sur *Horace* de Pierre Corneille.
- Fiche de lecture sur *Le Cid* de Pierre Corneille.
- Fiche de lecture sur *Le Menteur* de Pierre Corneille.
- Questionnaire de lecture sur *L'Illusion comique*.
- Questionnaire de lecture sur *Le Cid*.

Retrouvez notre offre complète sur lePetitLittéraire.fr

- des fiches de lectures
- des commentaires littéraires
- des questionnaires de lecture
- des résumés

ANOUILH
- Antigone

AUSTEN
- Orgueil et Préjugés

BALZAC
- Eugénie Grandet
- Le Père Goriot
- Illusions perdues

BARJAVEL
- La Nuit des temps

BEAUMARCHAIS
- Le Mariage de Figaro

BECKETT
- En attendant Godot

BRETON
- Nadja

CAMUS
- La Peste
- Les Justes
- L'Étranger

CARRÈRE
- Limonov

CÉLINE
- Voyage au bout de la nuit

CERVANTÈS
- Don Quichotte de la Manche

CHATEAUBRIAND
- Mémoires d'outre-tombe

CHODERLOS DE LACLOS
- Les Liaisons dangereuses

CHRÉTIEN DE TROYES
- Yvain ou le Chevalier au lion

CHRISTIE
- Dix Petits Nègres

CLAUDEL
- La Petite Fille de Monsieur Linh
- Le Rapport de Brodeck

COELHO
- L'Alchimiste

CONAN DOYLE
- Le Chien des Baskerville

DAI SIJIE
- Balzac et la Petite Tailleuse chinoise

DE GAULLE
- Mémoires de guerre III. Le Salut. 1944-1946

DE VIGAN
- No et moi

DICKER
- La Vérité sur l'affaire Harry Quebert

DIDEROT
- Supplément au Voyage de Bougainville

DUMAS
- Les Trois Mousquetaires

ÉNARD
- Parlez-leur de batailles, de rois et d'éléphants

FERRARI
- Le Sermon sur la chute de Rome

FLAUBERT
- Madame Bovary

FRANK
- Journal d'Anne Frank

FRED VARGAS
- Pars vite et reviens tard

GARY
- La Vie devant soi

GAUDÉ
- La Mort du roi Tsongor
- Le Soleil des Scorta

GAUTIER
- La Morte amoureuse
- Le Capitaine Fracasse

GAVALDA
- 35 kilos d'espoir

GIDE
- Les Faux-Monnayeurs

GIONO
- Le Grand Troupeau
- Le Hussard sur le toit

GIRAUDOUX
- La guerre de Troie n'aura pas lieu

GOLDING
- Sa Majesté des Mouches

GRIMBERT
- Un secret

HEMINGWAY
- Le Vieil Homme et la Mer

HESSEL
- Indignez-vous !

HOMÈRE
- L'Odyssée

HUGO
- Le Dernier Jour d'un condamné
- Les Misérables
- Notre-Dame de Paris

HUXLEY
- Le Meilleur des mondes

IONESCO
- Rhinocéros
- La Cantatrice chauve

JARY
- Ubu roi

JENNI
- L'Art français de la guerre

JOFFO
- Un sac de billes

KAFKA
- La Métamorphose

KEROUAC
- Sur la route

KESSEL
- Le Lion

LARSSON
- Millenium 1. Les hommes qui n'aimaient pas les femmes

LE CLÉZIO
- Mondo

LEVI
- Si c'est un homme

LEVY
- Et si c'était vrai…

MAALOUF
- Léon l'Africain

MALRAUX
• La Condition
  humaine

MARIVAUX
• La Double
  Inconstance
• Le Jeu de l'amour
  et du hasard

MARTINEZ
• Du domaine
  des murmures

MAUPASSANT
• Boule de suif
• Le Horla
• Une vie

MAURIAC
• Le Nœud
  de vipères

MAURIAC
• Le Sagouin

MÉRIMÉE
• Tamango
• Colomba

MERLE
• La mort est
  mon métier

MOLIÈRE
• Le Misanthrope
• L'Avare
• Le Bourgeois
  gentilhomme

MONTAIGNE
• Essais

MORPURGO
• Le Roi Arthur

MUSSET
• Lorenzaccio

MUSSO
• Que serais-je
  sans toi ?

NOTHOMB
• Stupeur et
  Tremblements

ORWELL
• La Ferme
  des animaux
• 1984

PAGNOL
• La Gloire de
  mon père

PANCOL
• Les Yeux jaunes
  des crocodiles

PASCAL
• Pensées

PENNAC
• Au bonheur
  des ogres

POE
• La Chute de la
  maison Usher

PROUST
• Du côté de
  chez Swann

QUENEAU
• Zazie dans
  le métro

QUIGNARD
• Tous les matins
  du monde

RABELAIS
• Gargantua

RACINE
• Andromaque
• Britannicus
• Phèdre

ROUSSEAU
• Confessions

ROSTAND
• Cyrano de
  Bergerac

ROWLING
• Harry Potter à
  l'école des sor-
  ciers

SAINT-EXUPÉRY
• Le Petit Prince
• Vol de nuit

SARTRE
• Huis clos
• La Nausée
• Les Mouches

SCHLINK
• Le Liseur

SCHMITT
- La Part de l'autre
- Oscar et la
  Dame rose

SEPULVEDA
- Le Vieux qui
  lisait des romans
  d'amour

SHAKESPEARE
- Roméo et Juliette

SIMENON
- Le Chien jaune

STEEMAN
- L'Assassin
  habite au 21

STEINBECK
- Des souris et
  des hommes

STENDHAL
- Le Rouge et
  le Noir

STEVENSON
- L'Île au trésor

SÜSKIND
- Le Parfum

TOLSTOÏ
- Anna Karénine

TOURNIER
- Vendredi ou
  la Vie sauvage

TOUSSAINT
- Fuir

UHLMAN
- L'Ami retrouvé

VERNE
- Le Tour
  du monde
  en 80 jours
- Vingt mille
  lieues sous
  les mers
- Voyage au
  centre de
  la terre

VIAN
- L'Écume des jours

VOLTAIRE
- Candide

WELLS
- La Guerre des
  mondes

YOURCENAR
- Mémoires
  d'Hadrien

ZOLA
- Au bonheur
  des dames
- L'Assommoir
- Germinal

ZWEIG
- Le Joueur
  d'échecs

www.lepetitlitteraire.fr

ISBN version numérique : 978-2-8062-1865-0
ISBN version papier : 978-2-8062-1374-7
Dépôt légal : D/2017/12603/558

Avec la collaboration de Tina Van Roeyen pour l'encadré « Le Cid », pour la scène IV de l'acte V du résumé, pour l'étude des personnages « Clindor » et « Lyse », ainsi que pour les clés de lecture « Un contexte historique et artistique riche et mouvementé », « Pierre Corneille, un précurseur du classicisme qui aime brouiller les pistes », « Une apologie du théâtre » et « Le comique et l'illusion ».

Conception numérique : Primento,
le partenaire numérique des éditeurs.

Ce titre a été réalisé avec le soutien de la Fédération Wallonie-Bruxelles, Service général des Lettres et du Livre.

Made in the USA
Monee, IL
07 July 2026